Zvrátené Sestry

Zvrátené Sestry

Aldivan Torres

aldivan teixeira torres

CONTENTS

1. Prehliadka mesta Pesqueira — 1

1

Prehliadka mesta Pesqueira

Zvrátené Sestry
Aldivan Torres
Zvrátené Sestry

Uverejnil používateľ: *Aldivan Torres*
2020- Aldivan Torres
Všetky práva vyhradené

Táto kniha vrátane všetkých jej častí je chránená autorskými právami a nemôže byť reprodukovaná bez súhlasu autora, ďalej predávaná alebo prenášaná.

Aldivan Torres, vidiaci, je literárny umelec. Sľubuje svojimi spismi, že poteší verejnosť a privedie ho k potešeniu z potešenia. Sex je jednou z najlepších vecí, ktoré existujú.

Obetavosť a poďakovanie

Túto erotickú sériu venujem všetkým milovníkom sexu a zvrhlíkom, ako som ja. Dúfam, že splním očakávania všetkých šialených myslí. Začínam tu túto prácu s presvedčením, že Amelinha, Belinha a ich priatelia sa zapíšu do histórie. Bez ďalších okolkov, vrúcne objatie mojim čitateľom.

Zdatné čítanie a veľa zábavy.

S láskou, autor.

Prezentácia

Amelinha a Belinha sú dve sestry, ktoré sa narodili a vyrastali vo vnútrozemí Pernambuco. Dcéry poľnohospodárskych otcov vedeli skoro, ako čeliť divokým ťažkostiam vidieckeho života s úsmevom na tvári. Týmto dosiahli svoje osobné výboje. Prvý je audítor verejných financií a druhý, menej inteligentný, je mestský učiteľ základného vzdelávania v Arcoverde.

Hoci sú profesionálne šťastní, obaja majú vážny chronický problém týkajúci sa vzťahov, pretože nikdy nenašli svojho princa očarujúceho, čo je sen každej ženy. Najstaršia, Belinha, prišla na chvíľu žiť s mužom. Bolo však zradené, čo vo svojom malom srdci spôsobilo nenapraviteľné traumy. Bola nútená rozísť sa a sľúbila si, že už nikdy nebude trpieť kvôli mužovi. Amelinha, nešťastná vec, nemôže nás ani zasnúbiť. Kto sa chce oženiť s Amelinha? Je to drzá hnedovlasá osoba, chudá, stredne vysoká, medovo sfarbené oči, stredný zadok, prsia ako melón, hrudník definovaný za podmanivým úsmevom. Nikto nevie, aký je jej skutočný problém, alebo oboje.

Vo vzťahu k ich medziľudskému vzťahu sú blízko k

zdieľaniu tajomstiev medzi nimi. Keďže Belinha zradil darebák, Amelinha vzala bolesti svojej sestry a vydala sa hrať s mužmi. Obaja sa stali dynamickým duom známym ako " Zvrátené sestry ". Napriek tomu muži milujú byť svojimi hračkami. Je to preto, že nie je nič lepšie, ako milovať Belinha a Amelinha čo i len na chvíľu. Spoznáme spolu ich príbehy?

Obetavosť a poďakovanie
Prezentácia
Čierny muž
Požiar
Lekárska konzultácia
Súkromná hodina
Súťažný test
Návrat učiteľa
Manický klaun
Prehliadka mesta Pesqueira

Čierny muž

Amelinha a Belinha, rovnako ako skvelí profesionáli a milenci, sú krásne a bohaté ženy integrované do sociálnych sietí. Okrem samotného sexu sa snažia nájsť aj priateľov.

Raz do virtuálneho chatu vstúpil muž. Jeho prezývka bola "Černoch". V tejto chvíli sa čoskoro triasla, pretože milovala čiernych mužov. Legenda hovorí, že majú nesporné čaro.

"Dobrý deň, krásne! "Zavolal si požehnaného černocha.

"Dobrý deň, dobre? "Odpovedal zaujímavý Belinha.

"Všetko skvelé. Prajeme vám dobrú noc!

"Dobrú noc. Milujem čiernych ľudí!

"Toto sa ma teraz hlboko dotklo! Existuje však na to špeciálny dôvod? Ako sa voláš?

"No, dôvodom je, že moja sestra a ja máme radi mužov, ak viete, čo tým myslím. Čo sa týka názvu, aj keď je to veľmi súkromné prostredie, nemám čo skrývať. Volám sa Belinha. Sme radi, že vás spoznávame.

"Potešenie je celé moje. Volám sa Flavius a som naozaj milý!

"V jeho slovách som cítil pevnosť. Myslíte tým, že moja intuícia je správna?

"Teraz na to nemôžem odpovedať, pretože by to celú záhadu ukončilo. Ako sa volá vaša sestra?

"Volá sa Amelinha.

"Amelinha! Krásne meno! Môžete sa opísať fyzicky?

"Som blondínka, vysoká, silná, dlhé vlasy, veľký zadok, stredné prsia a mám sochárske telo. A vy?

"Čierna farba, meter a osemdesiat centimetrov vysoká, silná, škvrnitá, ruky a nohy hrubé, upravené, spevavé vlasy a definované tváre.

"Zapneš ma!

"Nerobte si s tým starosti. Kto ma pozná, nikdy nezabudne?

"Chceš ma teraz zblázniť?

"Je mi to ľúto, zlatko! Je to len pridať trochu kúzla do nášho rozhovoru.

"Koľko máš rokov?

"Dvadsaťpäť rokov a tvoje?

"Mám tridsaťosem rokov a moja sestra tridsaťštyri. Napriek vekovému rozdielu sme si pozoruhodne blízki. V detstve sme sa spojili, aby sme prekonali ťažkosti. Keď sme boli tínedžeri, zdieľali sme naše sny. A teraz, v dospelosti, zdieľame naše úspechy a frustrácie. Nemôžem bez nej žiť.

"Skvelé! Tento váš pocit je neuveriteľne krásny. Dostávam nutkanie stretnúť sa s vami oboma. Je taká nezbedná ako vy?

"Efektívnym spôsobom je najlepšia v tom, čo robí. Veľmi inteligentné, krásne a zdvorilé. Mojou výhodou je, že som múdrejší.

"Ale nevidím v tom problém. Páčia sa mi oboje.

"Naozaj sa ti to páči? Viete, Amelinha je zvláštna žena. Nie preto, že je to moja sestra, ale preto, že má obrovské srdce. Je mi jej trochu ľúto, pretože nikdy nedostala ženícha. Viem, že jej snom je vydať sa. Pridala sa ku mne v povstaní, pretože ma zradila moja spoločníčka. Odvtedy hľadáme len rýchle vzťahy.

"Úplne tomu rozumiem. Som tiež zvrhlík. Nemám však žiadny zvláštny dôvod. Chcem si len užiť svoju mladosť. Vyzeráte ako skvelí ľudia.

"Ďakujem veľmi pekne. Ste naozaj z Arcoverde?

"Áno, som z centra. A vy?

"Zo štvrte svätého Krištofa .

"Skvelé. Žijete sami?

"Áno. V blízkosti autobusovej stanice.

"Môžete dnes dostať návštevu od muža?

"Radi by sme. Musíte však zvládnuť oboje. V poriadku?

"Neboj sa, láska. Zvládnem až tri.

"Ach, áno! Pravdivý!

"Budem priamo tam. Môžete vysvetliť miesto?

"Áno. Bude mi potešením.

"Viem, kde to je. Prichádzam tam hore!

Černoch opustil miestnosť a Belinha tiež. Využila to a

presťahovala sa do kuchyne, kde stretla svoju sestru. Amelinha umývala špinavý riad na večeru.

"Dobrú noc, Amelinha. Neuveríte. Hádajte, kto príde.

"Netuším, sestra. Kto?

"Flavius. Stretol som ho vo virtuálnej rozprávanie miestnosti. Dnes bude našou zábavou.

"Ako vyzerá?

"Je to černoch. Zastavili ste sa niekedy a pomysleli ste si, že by to mohlo byť pekné? Chudobný človek nevie, čoho sme schopní!

"Je to naozaj sestra! Dokončíme ho.

"Padne, so mnou! "Povedala Belinha.

"Nie! Bude to so mnou," odpovedala Amelinha.

"Jedna vec je istá: s jedným z nás padne," uzavrel Belinha.

"Je to pravda! Čo tak pripraviť všetko v spálni?

"Dobrý nápad. Pomôžem vám!

Dve nenásytné bábiky išli do miestnosti a nechali všetko organizované pre príchod muža. Hneď ako skončia, počujú zvonenie zvončeka.

"Je to on, sestra? "Spýtala sa Amelinha.

"Poďme sa na to spolu pozrieť! (Belinha)

"No tak! Amelinha súhlasila.

Krok za krokom obe ženy prešli dverami spálne, prešli jedálňou a potom prišli do obývačky. Podišli k dverám. Keď ho otvoria, stretnú sa s Flavius očarujúcim a mužným úsmevom.

"Dobrú noc! V poriadku? Ja som Flavius.

"Dobrú noc. Ste srdečne vítaní. Som Belinha, ktorá sa s tebou rozprávala na počítači a toto milé dievča vedľa mňa je moja sestra.

"Som rád, že ťa spoznávam, Flavius! "Povedala Amelinha.
"Som rád, že som ťa spoznal. Môžem prísť?
"Samozrejme! "Obe ženy odpovedali súčasne.
Žrebec mal prístup do miestnosti pozorovaním každého detailu výzdoby. Čo sa dialo v tej vriacej mysli? Obzvlášť sa ho dotkol každý z týchto ženských exemplárov. Po chvíli sa pozrel hlboko do očí dvoch kuriev a povedal:
"Si pripravený na to, čo som prišiel urobiť?
"Pripravený," potvrdil milenci!
Trojica sa tvrdo zastavila a prešla dlhú cestu do väčšej miestnosti domu. Zatvorením dverí si boli istí, že nebo pôjde do pekla v priebehu niekoľkých sekúnd. Všetko bolo perfektné: usporiadanie uterákov, sexuálne hračky, porno film hrajúci na stropnej televízii a romantická hudba vibrujúca. Nič nemohlo vziať potešenie zo skvelého večera.

Prvým krokom je sedieť pri posteli. Černoch začal vyzliekať šaty oboch žien. Ich túžba a smäd po sexe boli také veľké, že v tých sladkých dámach spôsobili trochu úzkosti. Vyzliekal si tričko a ukazoval hrudník a brucho, ktoré boli dobre vypracované každodenným tréningom v posilňovni. Vaše priemerné chĺpky v celom tomto regióne pritiahli povzdychy dievčat. Potom si vyzliekol nohavice, čo umožnilo pohľad na jeho spodnú bielizeň Box, čo následne ukázalo jeho objem a mužnosť. V tomto čase im dovolil dotknúť sa orgánu, čím sa stal vzpriamenejším. Bez tajomstiev odhodil spodnú bielizeň a ukázal všetko, čo mu Boh dal.

Bol dvadsaťdva centimetrov dlhý, štrnásť centimetrov v priemere dosť na to, aby ich pobláznil. Bez straty času padli na neho. Začali predohrou. Zatiaľ čo jedna prehltla penis v ústach, druhá lízala vrecká s mieškom. Pri tejto operácii to boli tri minúty. Dosť dlho na to, aby bol úplne pripravený na sex.

Potom začal prenikať do jedného a potom do druhého bez preferencie. Časté tempo raketoplánu spôsobilo stony, výkriky a viacnásobné orgazmy po akte. Bolo to tridsať minút vaginálneho sexu. Každý polovicu času. Potom skončili orálnym a análnym sexom.

Požiar

Bola chladná, tmavá a daždivá noc v hlavnom meste všetkých lesov Pernambuco. Boli chvíle, keď predný vietor dosiahol sto kilometrov za hodinu a vystrašil chudobné sestry Amelinha a Belinha. Obe zvrátené sestry sa stretli v obývačke svojho jednoduchého bydliska v štvrti svätého Christopher. Keďže nemali čo robiť, veselo hovorili o všeobecných veciach.

"Amelinha, aký si mala deň na farmárskej kancelárii?

"Rovnaká stará vec: organizoval som daňové plánovanie daňovej a colnej správy, riadil platenie daní, pracoval v prevencii a boji proti daňovým únikom. Je to náročná práca a nuda. Ale obohacujúce a dobre platené. A vy? Aká bola vaša rutina v škole? "Spýtala sa Amelinha.

"V triede som odovzdal obsah, ktorý viedol študentov najlepším možným spôsobom. Opravil som chyby a vzal som dva mobilné telefóny študentom, ktorí rušili triedu. Tiež som dával kurzy správania, držania tela, dynamiky a užitočné rady. Každopádne, okrem toho, že som učiteľka, som ich matka. Dôkazom toho je, že cez prestávku som sa infiltroval do triedy žiakov a spolu s nimi sme hrali. Podľa môjho názoru je škola naším druhým domovom a musíme sa starať o priateľstvá a ľudské vzťahy, ktoré z nej máme," odpovedal Belinha .

"Brilantné, moja malá sestra. Naše diela sú skvelé, pretože poskytujú dôležité emocionálne a interakčné konštrukcie medzi ľuďmi. Žiadny človek nemôže žiť v izolácii, nieto ešte bez psychologických a finančných zdrojov," analyzovala Amelinha.

"Súhlasím. Práca je pre nás nevyhnutná, pretože nás robí nezávislými od prevládajúceho súvisiace so sexom impéria v našej spoločnosti," povedal Belinha.

"Presne tak. Budeme pokračovať v našich hodnotách a postojoch. Človek je dobrý len v posteli," poznamenala Amelinha.

"Keď už hovoríme o mužoch, čo si myslíte o kresťanovi? "Spýtala sa Belinha.

"Splnil moje očakávania. Po takejto skúsenosti moje inštinkty a moja myseľ vždy žiadajú viac generujúcej vnútornej nespokojnosti. Aký je váš názor? "Spýtala sa Amelinha.

"Bolo to dobré, ale tiež sa cítim ako ty: neúplný. Som suchý lásky a sexu. Chcem čoraz viac. Čo máme na dnes? "Povedala Belinha.

"Chýbajú mi nápady. Noc je chladná, tmavá a tmavá. Počujete hluk vonku? Je tu veľa dažďa, intenzívneho vetra, bleskov a hromu. Bojím sa! "Povedala Amelinha.

"Ja tiež! "Belinha sa priznala.

V tejto chvíli je v celom Arcoverde počuť hromový blesk. Amelinha skočí do lona Belinha, ktorá kričí bolesťou a zúfalstvom. Zároveň chýba elektrina, čo ich oboch zúfalo.

"Čo teraz? Čo budeme robiť Belinha? "Spýtala sa Amelinha.

"Odíď odo mňa, suka! Dostanem sviečky! Belinha jemne pritlačila svoju sestru na stranu gauča, keď tápala po stenách, aby sa dostala do kuchyne. Keďže dom je malý, dokončenie tejto operácie netrvá dlho. Pomocou taktu vezme sviečky do skrinky a zapáli ich zápalkami strategicky umiestnenými na sporáku.

Po zapálení sviečky sa pokojne vráti do miestnosti, kde sa stretne so svojou sestrou s tajomným úsmevom na tvári. Čo mala za lubom?

"Môžete sa vyventilovať, sestra! Viem, že si niečo myslíte," povedala Belinha.

"Čo keby sme zavolali mestský hasičský zbor a upozornili na požiar? Povedala Amelinha.

"Dovoľte mi to uviesť na pravú mieru. Chcete vymyslieť fiktívny oheň, ktorý by nalákal týchto mužov? Čo ak nás zatknú? "Belinha sa bála.

"Môj kolega! Som si istý, že prekvapenie sa im bude páčiť. Čo lepšie musia urobiť v temnej a nudnej noci, ako je táto? "Povedala Amelinha.

"Máš pravdu. Poďakujú vám za zábavu. Rozbijeme oheň, ktorý nás pohlcuje zvnútra. Teraz prichádza otázka: Kto bude mať odvahu zavolať im? "Spýtal sa Belinha.

"Som veľmi hanblivý. Túto úlohu nechávam na teba, sestra moja," povedala Amelinha.

"Vždy ja. V poriadku. Čokoľvek sa stane, Amelinha." uzavrel Belinha.

Belinha vstáva z gauča a ide k stolu v rohu, kde je nainštalovaný mobil. Zavolá na tiesňovú linku hasičského zboru a čaká na odpoveď. Po niekoľkých dotykoch počuje hlboký, pevný hlas hovoriaci z druhej strany.

"Dobrú noc. Toto je hasičský zbor. Čo chceš?

"Volám sa Belinha. Žijem v štvrti Svätý Cristopher tu v Arcoverde. Moja sestra a ja sme zúfalí zo všetkého toho dažďa. Keď tu v našom dome vypadla elektrina, spôsobil skrat a začal zapaľovať predmety. Našťastie sme so sestrou vyšli von. Oheň pomaly pohlcuje dom. Potrebujeme pomoc hasičov," povedalo znepokojené dievča.

"Upokoj sa, priateľu. Čoskoro tam budeme. Môžete poskytnúť podrobné informácie o vašej polohe? "Spýtal sa hasič v službe.

"Môj dom je presne na centrálna trieda, tretí dom vpravo. Je to s vami v poriadku?

"Viem, kde to je. Budeme tam o pár minút. Buďte pokojní," povedal hasič.

"Čakáme. Ďakujeme! "Ďakujem Belinha.

Keď sa vrátili na gauč so širokým úsmevom, obaja pustili svoje vankúše a odfrkli zábavou, ktorú robili. To sa však neodporúča, pokiaľ to neboli dve kurvy ako oni.

Asi o desať minút neskôr počuli klopanie na dvere a išli na to odpovedať. Keď otvorili dvere, čelili trom magickým tváram, z ktorých každá mala svoju charakteristickú krásu. Jeden bol čierny, šesť stôp vysoký, nohy a ruky stredné. Ďalší bol tmavý, jeden meter a deväťdesiat vysoký, svalnatý a sochársky. Tretina bola biela, krátka, tenká, ale veľmi obľúbená. Bicly chlapec sa chce predstaviť:

"Ahoj, dámy, dobrú noc! Volám sa Roberto. Tento muž

vedľa sa volá Matúš a hnedý muž Filip. Ako sa voláte a kde je oheň?

"Som Belinha, hovoril som s tebou po telefóne. Táto hnedovlasá osoba je tu moja sestra Amelinha. Vstúpte a ja vám to vysvetlím.

"V poriadku. Prijali troch hasičov súčasne.

Kvinteto vstúpilo do domu a všetko sa zdalo normálne, pretože sa vrátila elektrina. Usadia sa na pohovke v obývacej izbe spolu s dievčatami. Podozrivé, robia konverzáciu.

"Oheň sa skončil, však? "Spýtal sa Matúš.

"Áno. Už teraz ho máme pod kontrolou vďaka hrdinskému úsiliu," vysvetlila Amelinha.

"Škoda! Chcel som pracovať. Tam v kasárňach je rutina taká monotónna," povedal Filipe.

"Mám nápad. Čo tak pracovať príjemnejším spôsobom? "Belinha navrhol.

"Myslíš, že si to, čo si myslím? "Spýtal sa Filipe.

"Áno. Sme slobodné ženy, ktoré milujú potešenie. Máte chuť na zábavu? "Spýtal sa Belinha.

"Iba ak pôjdeš teraz," odpovedal černoch.

"Ja som tiež dnu," potvrdil Hnedý muž.

"Počkaj na mňa" Biely chlapec je k dispozícii.

"Tak poďme," povedali dievčatá.

Kvinteto vstúpilo do miestnosti zdieľajúcej manželskú posteľ. Potom začali sexuálne orgie. Belinha a Amelinha sa striedali na potešenie troch hasičov. Všetko vyzeralo magicky a nebol lepší pocit ako byť s nimi. S rôznymi darmi zažili sexuálne a pozičné variácie vytvárajúce dokonalý obraz.

Dievčatá sa zdali byť neukojiteľné vo svojom sexuálnom

zápale, čo privádzalo týchto profesionálov k šialenstvu. Prešli nocou sexom a zdalo sa, že potešenie nikdy nekončí. Neodišli, kým nedostali urgentný telefonát z práce. Dali výpoveď a išli odpovedať na policajnú správu. Napriek tomu by nikdy nezabudli na ten úžasný zážitok po boku "zvrátených sestier".

Lekárska konzultácia

Svitlo krásne hlavné mesto vnútrozemia. Zvyčajne sa dve zvrátené sestry prebúdzali skoro. Keď však vstali, necítili sa dobre. Zatiaľ čo Amelinha stále kýchala, jej sestra Belinha sa cítila trochu dusená. Tieto fakty pochádzajú z predchádzajúcej noci na Virgínske vojnové námestie, kde pili, bozkávali sa na ústa a harmonicky odfrkávali v pokojnej noci.

Keďže sa necítili dobre a bez sily na nič, sedeli na gauči a nábožensky premýšľali, čo robiť, pretože profesionálne záväzky čakali na vyriešenie.

"Čo máme robiť, sestra? Som úplne zadýchaná a vyčerpaná," povedala Belinha.

"Povedz mi o tom! Bolí ma hlava a začínam dostávať vírus. Sme stratení! "Povedala Amelinha.

"Ale nemyslím si, že je to dôvod na vynechanie práce! Ľudia sú na nás závislí! "Povedal Belinha

"Upokojme sa, neprepadajme panike! Čo tak pridať sa k Pekný? "Navrhol Amelinha.

"Nehovor mi, že si myslíš, čo si myslím ja... "Belinha bola ohromená.

"Presne tak. Poďme spolu k lekárovi! Bude to skvelý dôvod

na vynechanie práce a kto vie, nestane sa to, čo chceme! "Povedala Amelinha

"Skvelý nápad! Na čo teda čakáme? Pripravme sa! "Spýtal sa Belinha.

"No tak! "Amelinha súhlasila.

Obaja išli do svojich príslušných ohrád. Boli tak nadšení týmto rozhodnutím; Ani nevyzerali chorí. Bol to všetko len ich vynález? Odpusť mi, čitateľ, nemyslíme zle na našich drahých priateľov. Namiesto toho ich budeme sprevádzať v tejto vzrušujúcej novej kapitole ich života.

V spálni sa kúpali vo svojich apartmánoch, obliekli si nové oblečenie a topánky, česali si dlhé vlasy, obliekli si francúzsky parfum a potom išli do kuchyne. Tam rozbili vajcia a syr, naplnili dva bochníky chleba a jedli s chladeným džúsom. Všetko bolo neuveriteľne chutné. Napriek tomu sa zdalo, že to necítia, pretože úzkosť a nervozita pred vymenovaním lekára boli obrovské.

Keď bolo všetko pripravené, opustili kuchyňu a vyšli z domu. S každým krokom, ktorý urobili, ich malé srdiečka pulzovali emóciami mysliac na úplne novú skúsenosť. Požehnaní nech sú všetci! Zmocnil sa ich optimizmus a bolo to niečo, čo mali ostatní nasledovať!

Na vonkajšej strane domu idú do garáže. Otvoria dvere na dva pokusy a postavia sa pred skromné červené auto. Napriek svojmu dobrému vkusu v autách uprednostňovali populárne pred klasikou zo strachu pred spoločným násilím prítomným vo všetkých brazílskych regiónoch.

Dievčatá bezodkladne nastúpia do auta a jemne vystúpia a potom jedna z nich zatvorí garáž a hneď potom sa vráti k autu.

Kto šoféruje, je Amelinha so skúsenosťami už desať rokov? Belinha zatiaľ nesmie šoférovať.

Viditeľne krátka cesta medzi ich domovom a nemocnicou sa vykonáva bezpečne, harmóniou a pokojom. V tej chvíli mali falošný pocit, že môžu urobiť čokoľvek. Naopak, báli sa jeho prefíkanosti a slobody. Sami boli prekvapení prijatými krokmi. Nebolo to za nič menej, že boli nazývaní neporiadny dobrí bastardi!

Po príchode do nemocnice si naplánovali schôdzku a čakali, kým im zavolajú. V tomto časovom intervale využili prípravu občerstvenia a vymieňali si správy prostredníctvom mobilnej aplikácie so svojimi drahými sexuálnymi služobníkmi. Cynickejší a veselší ako títo, bolo nemožné byť!

Po chvíli je rad na nich. Neoddeliteľné vstupujú do opatrovateľskej kancelárie. Keď sa to stane, lekár má takmer infarkt. Pred nimi bol vzácny kúsok muža: vysoký blond vlas, vysoký meter a deväťdesiat centimetrov, bradatý, vlasy tvoriace cap, svalnaté ruky a prsia, prirodzené tváre s anjelským vzhľadom. Ešte predtým, ako stihli vypracovať reakciu, vyzýva:

"Posaďte sa, obaja!

"Ďakujem! "Povedali oboje.

Obaja majú čas na rýchlu analýzu prostredia: pred obslužným stolom, lekárom, stoličkou, na ktorej sedel, a za skriňou. Na pravej strane postelí. Na stene expresionistické obrazy autora Cândido Portinari zobrazujúce muža z vidieka. Atmosféra je veľmi útulná a dievčatá sú v pohode. Atmosféru relaxu narúša formálna stránka konzultácie.

"Povedzte mi, čo cítite, dievčatá!

Dievčatám to znelo neformálne. Aký sladký bol ten blonďavý muž! Muselo to byť chutné jesť.

"Bolesť hlavy, indispozícia a vírus!" Povedal Amelinha.

"Som zadýchaný a unavený!" Tvrdil Belinha.

"Je to v poriadku! Dovoľte mi pozrieť sa! Ľahnite si na posteľ!" Spýtal sa doktor.

Kurvy na túto žiadosť sotva dýchali. Profesionál ich prinútil vyzliecť si časť oblečenia a cítil ich v rôznych častiach, čo spôsobovalo zimnicu a studený pot. Keď si sprievodca uvedomil, že s nimi nie je nič vážne, zažartoval:

"Všetko to vyzerá perfektne! Čoho chcete, aby sa báli? Injekcia do zadku?

"Milujem to! Ak je to veľká a hustá injekcia, ešte lepšie!" Povedala Belinha.

"Budeš sa prihlasovať pomaly, láska?" Povedala Amelinha.

"Úžas pýtate príliš veľa!" Poznamenal klinický lekár.

Opatrne zatvára dvere a padá na dievčatá ako divoké zviera. Najprv vyzlečie zvyšok oblečenia z tiel. To ešte viac zostruje jeho libido. Tým, že je úplne nahý, na chvíľu obdivuje tie sochárske bytosti. Potom je rad na ňom, aby sa predviedol. Stará sa o to, aby sa vyzliekli. To zvyšuje súhru a intimitu medzi skupinou.

Keď je všetko pripravené, začínajú predbežné skúšky sexu. Používanie jazyka v citlivých častiach, ako je konečník, zadok a ucho, blondínka spôsobuje mini potešenie orgazmy u oboch žien. Všetko išlo dobre, aj keď niekto stále klopal na dvere. Žiadne východisko, musí odpovedať. Trochu kráča a otvára dvere. Pritom narazí na pohotovostnú zdravotnú sestru: štíhlu dvojrazovú osobu s tenkými nohami a mimoriadne nízkou.

"Pán doktor, mám otázku o liekoch pacienta: je to päť alebo tristo miligramov aspirín? "Spýtal sa Roberto a ukázal recept.

"Päťsto! "Potvrdil Alex.

V tejto chvíli zdravotná sestra uvidela nohy nahých dievčat, ktoré sa snažili skryť. Vo vnútri sa smial.

"Trochu žartujem, čo, lekár? Ani nevolajte svojim priateľom!

"Prepáčte! Chcete sa pridať ku gangu?

"Rád by som!

"Tak poď!

Obaja vošli do miestnosti a zavreli za sebou dvere. Viac ako rýchlo sa dvojrazová osoba vyzliekla. Nahý ukázal svoj dlhý, hrubý, žilnatý stožiar ako trofej. Belinha sa potešila a čoskoro mu dopriala orálny sex. Alex tiež požadoval, aby Amelinha urobila to isté s ním. Po orálnom podaní začali análne. V tejto časti Belinha zistila, že je mimoriadne ťažké udržať monštrum kohúta zdravotnej sestry. Ale akonáhle vstúpil do diery, ich potešenie bolo obrovské. Na druhej strane necítili žiadne ťažkosti, pretože ich penis bol normálny.

Potom mali vaginálny sex v rôznych polohách. Pohyb tam a späť v dutine v nich spôsobil halucinácie. Po tejto fáze sa štyria spojili v skupinovom sexe. Bola to najlepšia skúsenosť, v ktorej sa minuli zvyšné energie. O pätnásť minút neskôr boli obaja vypredaní. Pre sestry by sex nikdy neskončil, ale dobré, pretože boli rešpektované, krehkosť týchto mužov. Keďže nechceli rušiť svoju prácu, prestali brať osvedčenie o odôvodnení práce a svoj osobný telefón. Odišli úplne vyrovnaní bez toho, aby vzbudili niekoho pozornosť počas prechodu do nemocnice.

Po príchode na parkovisko nastúpili do auta a vydali sa na cestu späť. Šťastní, ako sú, už premýšľali o svojej ďalšej sexuálnej nepleche. Zvrátené sestry boli naozaj niečo!

Súkromná hodina

Bolo to popoludnie ako každé iné. Nováčikovia z práce, zvrátené sestry boli zaneprázdnené domácimi prácami. Po dokončení všetkých úloh sa zhromaždili v miestnosti, aby si trochu oddýchli. Zatiaľ čo Amelinha čítala knihu, Belinha používala mobilný internet na prehliadanie svojich obľúbených webových stránok.

V určitom okamihu druhá nahlas kričí v miestnosti, čo vystrašuje jej sestru.

"Čo je to, dievča? Zbláznil si sa? "Spýtala sa Amelinha.

"Práve som sa dostal na webovú stránku súťaží s vďačným prekvapením," informoval Belinha.

"Povedz mi viac!

"Registrácie spolkového krajinského súdu sú otvorené. Dovoľte nám?

"Dobrý hovor, sestra moja! Aký je plat?

"Viac ako desaťtisíc počiatočných dolárov.

"Veľmi dobre! Moja práca je lepšia. Súťaž však urobím, pretože sa pripravujem na hľadanie iných podujatí. Bude slúžiť ako experiment.

"Darí sa ti veľmi dobre! Povzbudzujete ma. Teraz neviem, kde začať. Môžete mi dať tipy?

"Kúpte si virtuálny kurz, pýtajte sa veľa otázok na testovacích stránkach, robte a opakujte predchádzajúce testy, píšte zhrnutia, sledujte tipy a sťahujte dobré materiály na internete.

"Ďakujem! Prijmem všetky tieto rady! Ale potrebujem niečo viac. Pozri, sestra, keďže máme peniaze, čo tak zaplatiť za súkromnú hodinu?

"Nemyslel som na to. To je inovatívny nápad! Máte nejaké návrhy na kompetentnú osobu?

"Mám tu veľmi kompetentného učiteľa z Arcoverde v mojich telefonických kontaktoch. Pozrite sa na jeho obrázok!

Belinha dala svojej sestre mobilný telefón. Keď videla chlapcovu fotografiu, bola vo vytržení. Okrem pekného bol šikovný! Bola by to dokonalá obeť toho, keby sa dvojica spojila s užitočným s príjemným.

"Na čo čakáme? Zober ho, sestra! Musíme študovať čoskoro. "Povedala Amelinha.

"Máš to! "Belinha prijala.

Keď vstala z gauča, začala vytáčať čísla telefónu na číselnej klávesnici. Po uskutočnení hovoru bude prijatie hovoru trvať len chvíľu.

"Dobrý deň. Vy všetci, však?

"Je to všetko skvelé, Renato.

"Pošlite rozkazy.

"Surfoval som po internete, keď som zistil, že prihlášky do výberového konania na federálnom krajskom súde sú otvorené. Svoju myseľ som okamžite pomenoval ako váženého učiteľa. Pamätáte si školské obdobie?

"Pamätám si to obdobie dobre. Dobré časy tým, ktorí sa nevrátia!

"Presne tak! Máte čas dať nám súkromnú lekciu?

"Aký rozhovor, mladá dáma! Na teba mám vždy čas! Aký dátum stanovujeme?

"Môžeme to urobiť zajtra o 2:00? Musíme začať!

"Samozrejme, že áno! S mojou pomocou skromne hovorím, že šance na absolvovanie sa neuveriteľne zvyšujú.

"Som si tým istý!

"Aké dobre! Môžete ma očakávať o 2:00.

"Ďakujem veľmi pekne! Uvidíme sa zajtra!

"Uvidíme sa neskôr!

Belinha zložil telefón a načrtol úsmev pre svojho spoločníka. Tušiac odpoveď, Amelinha sa spýtala:

"Ako to prebiehalo?

"Prijal. Zajtra o 2:00 tu bude.

"Aké dobre! Nervy ma zabíjajú!

"Len sa upokoj, sestra! Bude to v poriadku.

"Amen!

"Pripravíme večeru? Už som hladný!

"Dobre zapamätané.!

Dvojica odišla z obývačky do kuchyne, kde sa v príjemnom prostredí okrem iných aktivít rozprávali, hrali, varili. Boli to príkladné postavy sestier, ktoré spájala bolesť a osamelosť. Skutočnosť, že boli bastardi v sexe, ich ešte viac kvalifikovala. Ako všetci viete, brazílska žena má teplú krv.

Krátko nato sa bratali okolo stola a premýšľali o živote a jeho zvratoch.

"Keď som jedol tento lahodný Kurací krém, pamätám si černocha a hasičov! Momenty, ktoré akoby nikdy nepominuli! "Belinha povedala!

"Povedz mi o tom! Tí chlapci sú vynikajúci! Nehovoriac o zdravotnej sestre a lekárovi! Tiež sa mi to páčilo! "Spomenul som si na Amelinha!

"Pravda, sestra moja! S krásnym stožiarom sa každý človek stáva príjemným! Nech mi feministky odpustia!

"Nemusíme byť takí radikálni...!

Obaja sa smejú a pokračujú v jedení jedla na stole. Na chvíľu na ničom inom nezáležalo. Boli na svete samy a to ich kvalifikovalo ako bohyne krásy a lásky. Pretože najdôležitejšou vecou je cítiť sa dobre a mať sebaúctu.

Sebavedomí pokračujú v rodinnom rituáli. Na konci tejto fázy surfujú po internete, počúvajú hudbu na stereofónnom zariadení v obývacej izbe, sledujú telenovely a neskôr pornofilm. Tento zhon ich necháva bez dychu a unavený, čo ich núti ísť odpočívať do svojich príslušných miestností. Netrpezlivo čakali na ďalší deň.

Nebude trvať dlho, kým upadnú do hlbokého spánku. Okrem nočných môr sa noc a úsvit odohrávajú v normálnom rozsahu. Hneď ako príde svitanie, vstanú a začnú dodržiavať bežnú rutinu: kúpeľ, raňajky, práca, návrat domov, kúpeľ, obed, zdriemnutie a presun do miestnosti, kde čakajú na plánovanú návštevu.

Keď začujú klopanie na dvere, Belinha vstane a ide odpovedať. Pritom narazí na usmievavého učiteľa. To mu spôsobilo dobrú vnútornú spokojnosť.

"Vitaj späť, priateľ môj! Ste pripravení učiť nás?

"Áno, veľmi, veľmi pripravený! Ešte raz ďakujeme za túto príležitosť! "Povedal Renato.

"Poďme dnu! " povedal Belinha.

Chlapec nerozmýšľal dvakrát a prijal žiadosť dievčaťa. Pozdravil Amelinha a na jej signál si sadol na gauč. Jeho prvým postojom bolo vyzliecť si čiernu pletenú blúzku, pretože bola príliš horúca. S tým nechal svoju dobre vypracovanú náprsnú dosku v posilňovni, kvapkajúci pot a svetlo tmavej pleti. Všetky tieto detaily boli prírodným afrodiziakom pre týchto dvoch "zvrhlíkov".

Predstierajúc, že sa nič nedeje, začal sa rozhovor medzi nimi tromi.

"Pripravili ste dobrú triedu, pán profesor? "Spýtala sa Amelinha.

"Áno! Začnime s akým článkom? "Spýtal sa Renato.

"Neviem... "povedala Amelinha.

"Čo tak sa najprv zabaviť? Keď si si vyzliekol tričko, zmokol som! "Priznal Belinha.

"Ja tiež," povedala Amelinha.

"Vy dvaja ste naozaj sexuálni maniaci! Nie je to to, čo milujem? "Povedal majster.

Bez toho, aby čakal na odpoveď, vyzliekol si modré džínsy, ktoré ukazovali priťahovanie svaly stehna, slnečné okuliare ukazovali jeho modré oči a nakoniec spodnú bielizeň ukazujúcu dokonalosť dlhého penisu, strednej hrúbky a trojuholníkovej hlavy. Stačilo, aby malé kurvy spadli na vrchol a začali si užívať to mužné, žoviálne telo. S jeho pomocou sa vyzliekli a začali predbežný sex.

Stručne povedané, bolo to nádherné sexuálne stretnutie, kde zažili veľa nových vecí. Bolo to štyridsať minút divokého sexu v úplnej harmónii. V týchto chvíľach bola emócia taká veľká, že si ani nevšimli čas a priestor. Preto boli nekonečné skrze Božiu lásku.

Keď dosiahli extázu, trochu si oddýchli na gauči. Potom študovali disciplíny nabité súťažou. Ako študenti boli obaja nápomocní, inteligentní a disciplinovaní, čo si všimol učiteľ. Som si istý, že boli na ceste k schváleniu.

O tri hodiny neskôr prestali sľubovať nové študijné stretnutia. Šťastné v živote, zvrátené sestry sa išli postarať o svoje ďalšie povinnosti a už premýšľali o svojich ďalších dobrodružstvách. V meste boli známi ako " Nenásytný ".

Súťažný test

Je to už nejaký čas. Asi dva mesiace sa zvrátené sestry venovali súťaži podľa dostupného času. Každý deň, ktorý ubiehal, boli viac pripravení na všetko, čo prišlo a odišlo. Zároveň došlo k sexuálnym stretnutiam a v týchto chvíľach boli oslobodení.

Skúšobný deň konečne prišiel. Obe sestry odišli skoro z hlavného mesta vnútrozemia a začali kráčať po diaľnici BR 232 s celkovou trasou 250 km. Cestou prešli hlavnými bodmi vnútrozemia štátu: Pesqueira, Krásna záhrada, Svätý Caetano, Caruaru, Gravatá, Teľatá a víťazstvo svätca Antao. Každé z týchto miest malo svoj príbeh a zo svojich skúseností ho úplne absorbovali. Aké dobré bolo vidieť hory, Atlantický les, brazílska savana, farmy, farmy, dediny, malé mestá a popíjať čistý vzduch prichádzajúci z lesov. Pernambuco bol nádherný štát!

Vstupom do mestského obvodu hlavného mesta oslavujú dobrú realizáciu Cesty. Vezmite hlavnú cestu do susedstva, dobrý výlet, kde by vykonali test. Na ceste čelia preťaženej premávke, ľahostajnosti cudzincov, znečistenému vzduchu a nedostatku vedenia. Ale nakoniec sa im to podarilo. Vstúpia do príslušnej budovy, identifikujú sa a začnú test, ktorý by trval dve obdobia. Počas prvej časti testu sú úplne zamerané na výzvu otázok s možnosťou výberu z viacerých odpovedí. No, vypracované bankou zodpovednou za túto udalosť, podnietilo najrôznejšie spracovanie z týchto dvoch. Podľa ich názoru sa im darilo. Keď si urobili prestávku, išli na obed a džús do reštaurácie pred budovou. Tieto chvíle boli pre nich dôležité, aby si udržali dôveru, vzťah a priateľstvo.

Potom sa vrátili na testovacie miesto. Potom začala druhá časť podujatia s otázkami týkajúcimi sa iných disciplín. Aj bez toho, aby udržali rovnaké tempo, boli vo svojich odpovediach stále veľmi vnímaví. Týmto spôsobom dokázali, že najlepší spôsob, ako prejsť súťažami, je venovať veľa štúdiu. O chvíľu neskôr ukončili svoju sebavedomú účasť. Odovzdali dôkazy, vrátili sa k autu a pohybovali sa smerom k neďalekej pláži.

Cestou hrali, zapli zvuk, komentovali preteky a postupovali ulicami Recife, pozorujúc osvetlené ulice hlavného mesta, pretože bola noc. Žasnú nad videným predstavením. Niet divu, že mesto je známe ako "hlavné mesto trópov". Zapadajúce slnko dodáva životnému prostrediu ešte nádhernejší vzhľad. Aké pekné byť tam v tej chvíli!

Keď dosiahli nový bod, priblížili sa k brehom mora a potom sa spustili do jeho studených a pokojných vôd. Vyvolaný pocit je vo vytržení radosti, spokojnosti, spokojnosti a pokoja. Strácajú pojem o čase, plávajú, kým nie sú unavení. Potom ležia na pláži vo svetle hviezd bez strachu alebo obáv. Mágia sa ich zmocnila brilantne. Jedno slovo, ktoré sa v tomto prípade použilo, bolo "Nezmerateľné".

V určitom okamihu, keď je pláž takmer opustená, sa blížia dvaja muži dievčat. Snažia sa postaviť a bežať tvárou v tvár nebezpečenstvu. Ale zastavia ich silné ruky chlapcov.

"Upokojte sa, dievčatá! Neublížime vám! Žiadame len o malú pozornosť a náklonnosť! "Jeden z nich prehovoril.

Tvárou v tvár jemnému tónu sa dievčatá smiali dojatím. Ak chceli sex, prečo ich neuspokojiť? Boli odborníkmi na toto umenie. V reakcii na ich očakávania sa postavili a pomohli im vyzliecť sa. Dodali dva kondómy a urobili striptíz. Stačilo to na to, aby sa tí dvaja muži zbláznili.

Padli na zem, milovali sa vo dvojiciach a ich pohyby spôsobili, že sa podlaha triasla. Dovolili si všetky sexuálne variácie a túžby oboch. V tomto okamihu dodania sa o nič a nikoho nestarali. Pre nich boli sami vo vesmíre vo veľkom rituáli lásky bez predsudkov. V sexe boli úplne prepletené a vytvárali silu, akú sme nikdy nevideli. Rovnako ako nástroje boli súčasťou väčšej sily pri pokračovaní života.

Len vyčerpanie ich núti prestať. Úplne spokojní muži skončili a odišli. Dievčatá sa rozhodnú vrátiť k autu. Začínajú svoju cestu späť do svojho bydliska. Nuž, vzali si so sebou svoje skúsenosti a očakávali dobré správy o súťaži, ktorej sa zúčastnili. Určite si zaslúžili veľa šťastia na svete.

O tri hodiny neskôr sa vrátili domov v pokoji. Ďakujú Bohu za požehnania, ktoré im boli udelené spaním. Na druhý deň som čakal na ďalšie emócie pre týchto dvoch maniakov.

Návrat učiteľa

Úsvit. Slnko vychádza skoro a jeho lúče prechádzajú cez trhliny okna a hladia tváre našich drahých detí. Okrem toho v nich pomohol vytvoriť náladu jemný ranný vánok. Aké pekné bolo mať príležitosť na ďalší deň s Otcovým požehnaním. Pomaly obaja vstávajú zo svojich postelí súčasne. Po kúpaní sa ich stretnutie koná v baldachýne, kde spolu pripravujú raňajky. Je to okamih radosti, očakávania a zdieľania rozptýlenia v neuveriteľne fantastických časoch.

Po príprave raňajok sa zhromaždia okolo stola pohodlne usadení na drevených stoličkách s operadlom pre stĺpec. Počas jedenia si vymieňajú intímne zážitky.

Belinha

Sestra moja, čo to bolo?

Amelinha

Čisté emócie! Stále si pamätám každý detail tiel tých drahých kreténov!

Belinha

Aj ja! Cítil som nesmierne potešenie. Bolo to takmer mimo zmyslové.

Amelinha

Viem! Robme tieto bláznivé veci častejšie!

Belinha

Súhlasím!

Amelinha

Páčil sa vám test?

Belinha

Miloval som to. Umieram, aby som skontroloval svoj výkon!

Amelinha
Aj ja!
Hneď ako skončili s kŕmením, dievčatá zdvihli svoje mobilné telefóny prístupom k mobilnému internetu. Prešli na stránku organizácie, aby skontrolovali spätnú väzbu dôkazu. Zapísali si to na papier a išli do miestnosti skontrolovať odpovede.
Dovnútra skočili od radosti, keď uvideli dobrú notu. Prešli! Emócia, ktorú som cítil, sa teraz nedala skrotiť. Po mnohých oslavách má najlepší nápad: pozvať majstra Renato, aby mohli osláviť úspech misie. Belinha je opäť zodpovedná za misiu. Zdvihne telefón a zavolá.
Belinha
Dobrý deň?
Renato
Ahoj, si v poriadku? Ako sa máš, sladká Belinha?
Belinha
Veľmi dobre! Hádajte, čo sa práve stalo.
Renato
Nehovor mi to....
Belinha
Áno! Súťaž sme absolvovali!
Renato
Blahoželám! Nepovedal som ti?
Belinha
Chcem vám veľmi pekne poďakovať za spoluprácu v každom smere. Rozumieš mi, však?
Renato
Rozumiem. Musíme niečo pripraviť. Najlepšie u vás doma.

Belinha
Presne preto som zavolal. Môžeme to urobiť dnes?
Renato
Áno! Dnes večer to dokážem.
Belinha
Div. Očakávame vás potom o ôsmej hodine v noci.
Renato
V poriadku. Môžem priviesť svojho brata?
Belinha
Samozrejme!
Renato
Uvidíme sa neskôr!
Belinha
Uvidíme sa neskôr!

Spojenie sa ukončí. Pri pohľade na svoju sestru Belinha vypustí smiech šťastia. Zvedavý, druhý sa pýta:

Amelinha
No a čo? LS príde?
Belinha
Je to v poriadku! Dnes večer o ôsmej hodine sa opäť stretneme. On a jeho brat prichádzajú! Už ste premýšľali o orgiách?
Amelinha
Povedz mi o tom! Už pulzujem emóciami!
Belinha
Nech je srdce! Dúfam, že to vyjde!
Amelinha
"Všetko je vyriešené!

Obaja sa smejú a súčasne napĺňajú prostredie pozitívnymi

vibráciami. V tej chvíli som nepochyboval o tom, že osud sa sprisahal na noc zábavy pre toto maniakálne duo. Spolu už dosiahli toľko etáp, že teraz neoslabnú. Mali by preto naďalej zbožňovať mužov ako sexuálnu hru a potom ich zahodiť. To bolo to najmenej, čo mohla rasa urobiť, aby zaplatila za svoje utrpenie. V skutočnosti si žiadna žena nezaslúži trpieť. Alebo skôr, každá žena si nezaslúži žiadnu bolesť.

Čas pustiť sa do práce. Obe sestry nechávajú izbu už pripravenú a idú do garáže, kde odchádzajú vo svojom súkromnom aute. Amelinha vezme Belinha najprv do školy a potom odchádza do farmárskej kancelárie. Tam vyžaruje radosť a rozpráva profesionálne správy. Na schválenie súťaže dostáva gratulácie všetkých. To isté sa deje s Belinha.

Neskôr sa vrátia domov a opäť sa stretnú. Potom začne príprava na prijatie vašich kolegov. Tento deň sľuboval, že bude ešte výnimočnejší.

Presne v plánovanom čase počujú klopanie na dvere. Belinha, najmúdrejšia z nich, vstane a odpovie. Pevnými a bezpečnými krokmi sa vloží do dverí a pomaly ich otvára. Po dokončení tejto operácie vizualizuje dvojicu bratov. So signálom od hostiteľa vstúpia a usadia sa na pohovke v obývacej izbe.

Renato
Toto je môj brat. Volá sa Ricardo.
Belinha
Som rád, že ťa spoznávam, Ricardo.
Amelinha
Ste tu vítaní!
Ricardo

Ďakujem vám obom. Potešenie je celé moje!
Renato
Som pripravený! Môžeme jednoducho ísť do miestnosti?
Belinha
Poďme!
Amelinha
Kto dostane koho teraz?
Renato
Belinha si vyberám sám.
Belinha
Ďakujem, Renato, ďakujem! Sme spolu!
Ricardo
Rád zostanem s Amelinha!
Amelinha
Budete sa triasť!
Ricardo
Uvidíme!
Belinha
Potom nechajte párty začať!

Muži jemne položili ženy na ruku a niesli ich k posteliam umiestneným v spálni jednej z nich. Po príchode na miesto si vyzlečú šaty a spadnú do krásneho nábytku, čím začínajú rituál lásky v niekoľkých pozíciách, vymieňajú si pohladenia a spoluúčasť. Vzrušenie a potešenie boli také veľké, že cez ulicu bolo počuť stony, ktoré škandalizovali susedov. Myslím, že nie toľko, pretože už vedeli o svojej sláve.

So záverom zhora sa milovníci vracajú do kuchyne, kde pijú šťavu so sušienkami. Zatiaľ čo jedia, Oni hovoria dve hodiny, čím zvyšujú interakciu skupiny. Aké dobré bolo byť tam a učiť sa o živote a o tom, ako byť šťastný. Spokojnosť je byť dobre so sebou samým a so svetom, potvrdiť svoje skúsenosti a hodnoty pred ostatnými, niesť istotu, že nebude môcť byť súdený ostatnými. Preto maximum, ktorému verili, bolo "Každý je svojou vlastnou osobou".

Za súmraku sa konečne rozlúčia. Návštevníci odchádzajú z "drahých Pyrenejí" ešte euforickejší, keď premýšľajú o nových situáciách. Svet sa stále obracal smerom k dvom dôverníkom. Nech majú šťastie!

Manický klaun

Prišla nedeľa a s ním aj veľa správ v meste. Medzi nimi príchod cirkusu s názvom " hviezda ", známy po celej Brazílii. To je všetko, o čom sme v tejto oblasti hovorili. Obe sestry boli vrodene zvedavé a naprogramovali sa na otvorenie predstavenia naplánované na túto noc.

V blízkosti rozvrhu už boli obaja pripravení ísť von po špeciálnej večeri na oslavu nezosobášenej osoby. Obaja oblečení na noc radosti pochodovali súčasne, kde opustili dom a vošli do garáže. Pri vstupe do auta začnú tým, že jeden z nich zostúpi a zatvorí garáž. Po jeho vrátení je možné cestu bez ďalších problémov obnoviť.

Opúšťame okres Svätý Christopher a smerujeme do okresu Boa Vista na druhom konci mesta, hlavného mesta vnútrozemia s približne osemdesiatimi tisíckami obyvateľov. Keď kráčajú po tichých uličkách, sú ohromení architektúrou, vianočnou výzdobou, duchmi ľudí, kostolmi, horami, o ktorých sa zdalo, že hovoria, voňavými slovnými hračkami, ktoré si vymieňajú spoluúčasť, zvukom hlasného rocku, francúzskym parfumom, rozhovormi o politike, podnikaní, spoločnosti, večierkoch, severovýchodnej kultúre a tajomstvách. Každopádne boli úplne uvoľnení, úzkostliví, nervózni a koncentrovaní.

Na ceste okamžite padá jemný dážď. Napriek očakávaniam dievčatá otvárajú okná vozidla a malé kvapky vody im mastia tváre. Toto gesto ukazuje ich jednoduchosť a autenticitu, skutočných seba-astrálnych šampiónov. Toto je najlepšia voľba pre ľudí. Aký zmysel má odstraňovanie zlyhaní, nepokoja a bolesti minulosti? Nikam by ich nevzali. Preto boli svojimi rozhodnutiami šťastní. Hoci ich svet súdil, bolo im to jedno, pretože vlastnili svoj osud. Všetko najlepšie k narodeninám!

Asi desať minút vonku sú už na parkovisku pripojenom k cirkusu. Zatvoria auto, prejdú pár metrov na vnútorné nádvorie prostredia. Za to, že prídu skoro, sedia na prvých bielidlách. Kým čakáte na predstavenie, kupujú pukanec, pivo, zhadzujú kedy a tiché slovné hračky. Nebolo nič lepšie ako byť v cirkuse!

O štyridsať minút neskôr sa začína predstavenie. Medzi atrakcie patria žartovní klauni, akrobati, trapézoví umelci, hadí muž, zemeguľa smrti, kúzelníci, žongléri a hudobná show. Tri hodiny žijú magické chvíle, vtipné, rozptýlené, hrajú, zamilujú sa, konečne žijú. Po rozpade šou sa ubezpečia, že idú do šatne a pozdravia jedného z klaunov. Urobil kaskadérsky kúsok, keď ich rozveselil, akoby sa to nikdy nestalo.

Hore na pódiu musíte dostať čiaru. Zhodou okolností sú poslední, ktorí idú do šatne. Tam nájdu znetvoreného klauna, ďaleko od javiska.

ZVRÁTENÉ SESTRY

"Prišli sme sem, aby sme vám zablahoželali k vašej skvelej šou. Je v tom Boží dar! Sledoval Belinha.

"Vaše slová a vaše gestá otriasli mojím duchom. Neviem, ale všimol som si smútok v tvojich očiach. Mám pravdu?

"Ďakujem vám obom za slová. Ako sa voláte? Odpovedal klaun.

"Volám sa Amelinha!

"Volám sa Belinha.

"Som rád, že som ťa spoznal. Môžete ma volať Gilberto! V tomto živote som prežil dosť bolesti. Jedným z nich bolo nedávne odlúčenie od mojej manželky. Musíte pochopiť, že nie je ľahké oddeliť sa od svojej ženy po 20 rokoch života, však? Bez ohľadu na to som rád, že môžem naplniť svoje umenie.

"Chudák! Je mi ľúto!(Amelinha).

"Čo môžeme urobiť, aby sme ho rozveselili? (Belinha).

"Neviem ako. Po rozchode mojej ženy mi veľmi chýba. (Gilberto).

"Môžeme to napraviť, však, sestra? (Belinha).

"Samozrejme. Ste dobre vyzerajúci muž.(Amelinha)

"Ďakujem, dievčatá. Ste úžasní. Zvolal Gilberto.

Bez dlhšieho čakania sa biely, vysoký, silný, tmavooký muž vyzliekol a dámy nasledovali jeho príklad. Nahí išli do predohry priamo na podlahe. Viac ako výmena emócií a nadávok ich sex pobavil a rozveselil. V tých krátkych chvíľach pocítili časti väčšej sily, Božej lásky. Prostredníctvom lásky dosiahli väčšiu extázu, akú mohol človek dosiahnuť.

Po dokončení aktu sa oblečú a rozlúčia sa. Ten ďalší krok a záver, ktorý prišiel, bol, že človek je divý vlk. Manický klaun, na ktorého nikdy nezabudnete. Už nie, opustia cirkus a presunú sa na parkovisko. Nastupujú do auta a začínajú cestu späť. V nasledujúcich dňoch boli sľúbené ďalšie prekvapenia.

Druhý úsvit prišiel krajší ako kedykoľvek predtým. Skoro ráno sú naši priatelia potešení, keď cítia teplo slnka a vánok blúdiaci v ich tvárach. Tieto kontrasty spôsobili vo fyzickom aspekte toho istého dobrý pocit slobody, spokojnosti, uspokojenia a radosti. Boli pripravení čeliť novému dňu.

Sústreďujú však svoje sily, ktoré kulminujú na ich zdvihnutie. Ďalším krokom je ísť do apartmánu a urobiť to s extrémnou tuláctvo stou, akoby boli zo štátu Bahia. Samozrejme, aby sme neublížili našim drahým susedom. Krajina všetkých svätých je veľkolepé miesto plné kultúry, histórie a sekulárnych tradícií. Nech žije Bahia.

V kúpeľni sa vyzliekajú zo zvláštneho pocitu, že nie sú sami. Kto kedy počul o legende o blond kúpeľni? Po maratóne hororových filmov bolo normálne dostať sa s tým do problémov. V nasledujúcom okamihu kývnu hlavou a snažia sa byť tichšie. Zrazu to príde na myseľ každému z nich, ich politická trajektória, ich občianska stránka, ich profesionálna, náboženská stránka a ich sexuálny aspekt. Majú dobrý pocit z toho, že sú to nedokonalé zariadenia. Boli si istí, že vlastnosti a chyby pridali k ich osobnosti.

Okrem toho sa zamknú v kúpeľni. Otvorením sprchy nechali horúcu vodu pretekať spotenými telami v dôsledku tepla predchádzajúcej noci. Kvapalina slúži ako katalyzátor absorbujúci všetky smutné veci. To je presne to, čo teraz potrebovali: zabudnúť na bolesť, traumu, sklamania, nepokoj pri hľadaní nových očakávaní. Rozhodujúci bol v tom aktuálny rok. Fantastický obrat v každom aspekte života.

Proces čistenia sa začína okrem vody aj rastlinnými špongiami, mydlom, šampónom. V súčasnosti sa cítia ako jedno z najlepších potešení, ktoré vás núti pamätať si lístok na útese a dobrodružstvá na pláži. Intuitívne ich divoký duch žiada viac dobrodružstiev v tom, čo zostanú, aby analyzovali čo najskôr. Situácia, ktorú prispelo voľno, sa uskutočnilo v práci oboch ako cena za oddanosť verejnej službe.

Asi 20 minút odložili trochu bokom svoje ciele, aby prežili reflexný okamih vo svojej intimite. Na konci tejto aktivity vyjdú z toalety, utierajú mokré telo uterákom, nosia čisté oblečenie a obuv, nosia švajčiarsky parfum, dovážaný make-up z Nemecka so skutočne peknými slnečnými okuliarmi a diadémami. Úplne pripravení sa presunú k poháru s kabelkami na páse a pozdravia sa šťastní zo stretnutia vďaka dobrému Pánovi.

V spolupráci pripravujú raňajky závisti: kukuričný krém v kuracej omáčke, zelenine, ovocí, kávovej smotane a sušienkach. V rovnakých častiach je jedlo rozdelené. Striedajú chvíle ticha s krátkymi výmenami slov, pretože boli zdvorilí. Hotové raňajky, niet úniku nad rámec toho, čo zamýšľali.

"Čo navrhuješ, Belinha? Nudím sa!

"Mám šikovný nápad. Pamätáte si tú osobu, ktorú sme stretli na literárnom festivale?

"Pamätám si. Bol spisovateľom a volal sa Božský.

"Mám jeho číslo. Čo tak sa nám ozvať? Chcel by som vedieť, kde žije.

"Ja tiež. Skvelý nápad. Urob to. Budem to milovať.

"V poriadku!

Belinha otvorila kabelku , vzala telefón a začala vytáčať. O chvíľu niekto odpovie na riadok a konverzácia začne.

"Dobrý deň.

"Ahoj, božský. V poriadku?

"V poriadku, Belinha. Ako to ide?

"Darí sa nám. Pozrite, je táto pozvánka stále zapnutá? Moja sestra a ja by sme dnes večer chceli mať špeciálnu show.

"Samozrejme, že áno. Nebudete ľutovať. Tu máme píly, bohatú prírodu, čerstvý vzduch mimo skvelej spoločnosti. Aj dnes som k dispozícii.

"Aké úžasné. No, počkajte na nás pri vchode do dediny. Za najviac 30 minút sme tam.

"Je to v poriadku. Uvidíme sa neskôr!

"Uvidíme sa neskôr!

Hovor sa ukončí. S úškrnom sa Belinha vracia, aby komunikovala so svojou sestrou.

"Povedal áno. Máme?

"No tak. Na čo čakáme?

Obaja prechádzajú od pohára k východu z domu a zatvárajú za sebou dvere kľúčom. Potom sa presunú do garáže. Jazdia na oficiálnom rodinnom aute a nechávajú svoje problémy za sebou a čakajú na nové prekvapenia a emócie na najdôležitejšej pôde na svete. Cez mesto, so zapnutým hlasným zvukom, si nechali svoju malú nádej pre seba. V tej chvíli to stálo za všetko, až kým som nepomyslel na šancu byť navždy šťastný.

S krátkym časom sa vydajú na pravú stranu diaľnice BR 232. Začína sa teda kurz k úspechu a šťastiu. Pri miernej rýchlosti si môžu vychutnať horskú krajinu na brehu trate.

ZVRÁTENÉ SESTRY

Hoci to bolo známe prostredie, každá pasáž tam bola viac ako novinka. Bolo to znovuobjavené ja.

Prechádza miestami, farmami, dedinami, modrými oblakmi, popolom a ružami, suchým vzduchom a horúcou teplotou. V naprogramovanom čase prichádzajú k historické vstupu do brazílskeho vnútrozemia. Mimoso plukovníkov, psychika, Nepoškvrneného počatia a ľudí s vysokou intelektuálnou kapacitou.

Keď sa zastavili pri vchode do štvrte, očakávali vášho drahého priateľa s rovnakým úsmevom ako vždy. Dobré znamenie pre tých, ktorí hľadali dobrodružstvo. Keď vystúpia z auta, idú sa stretnúť so vznešeným kolegom, ktorý ich prijme s objatím, ktoré sa stáva trojnásobným. Zdá sa, že tento okamih sa nekončí. Už sa opakujú, začínajú meniť prvé dojmy.

"Ako sa máš, Božský? Spýtal sa Belinha.

"Dobre, ako sa máš? Zodpovedalo to psychickému.

"Skvelé!(Belinha).

"Lepšie ako kedykoľvek predtým, doplnila Amelinha.

"Mám skvelý nápad. Čo tak vyjsť na horu Ororubá? Presne tam pred ôsmimi rokmi sa začala moja trajektória v literatúre.

"Aká krása! Bude to česť! (Amelinha).

"Aj pre mňa! Milujem prírodu. (Belinha).

"Tak poďme teraz. (Aldivan).

Tajomný priateľ dvoch sestier postúpil do ulíc centra mesta. Dole vpravo, vstup na súkromné miesto a chôdza asi sto metrov ich umiestni na dno píly. Urobia rýchlu zastávku, aby si mohli oddýchnuť a hydratovať. Aké to bolo vyliezť na horu po všetkých týchto dobrodružstvách? Bol to pocit pokoja, zbierania, pochybností a váhania. Bolo to, akoby to bolo prvýkrát so všetkými výzvami, ktoré zdanil osud. Zrazu priatelia čelia veľkému spisovateľovi s úsmevom.

"Ako sa to všetko začalo? Čo to pre vás znamená? (Belinha).

"V roku 2009 sa môj život točil v monotónnosti. To, čo ma držalo pri živote, bola vôľa externé to, čo som cítil vo svete. Vtedy som počul o tejto hore a silách jej nádhernej jaskyne. Žiadne východisko, rozhodol som sa využiť šancu v mene svojho sna. Zbalil som si tašku, vyliezol na horu, vykonal tri výzvy, na ktoré som bol akreditovaný, vstúpil som do jaskyne zúfalstva, najsmrteľnejšej a najnebezpečnejšej jaskyne na svete. Vo vnútri som prekonal veľké výzvy tým, že som sa nakoniec dostal do rokovacej sály. V tom okamihu extázy sa stal zázrak, stal som sa psychikou, vše vedúcou bytosťou prostredníctvom jeho vízií. Zatiaľ nás čelilo ďalších dvadsať dobrodružstiev a tak skoro sa nezastavím. Vďaka čitateľom postupne dosahujem svoj cieľ dobyť svet.

"Vzrušujúce. Som vaším fanúšikom. (Amelinha).

"Dojímavé. Viem, ako sa musíte cítiť pri opätovnom vykonávaní tejto úlohy. (Belinha).

"Výborne. Cítim zmes dobrých vecí vrátane úspechu, viery, pazúra a optimizmu. To mi dáva dobrú energiu, povedal psychiater.

"Dobre. Čo nám poradíte?

"Sústreďme sa. Ste pripravení zistiť to lepšie pre seba? (kapitán).

"Áno. Súhlasili s oboma.

"Tak ma nasleduj.

Trojica obnovila podnikanie. Slnko hreje, vietor fúka trochu silnejšie, vtáky odlietajú a spievajú, zdá sa, že kamene a trne sa pohybujú, zem sa trasie a horské hlasy začínajú pôsobiť. Toto je prostredie, ktoré sa prezentuje pri stúpaní píly.

S množstvom skúseností muž v jaskyni neustále pomáha ženám. Takto konal a vložil do nich praktické cnosti, ktoré sú dôležité ako solidarita a spolupráca. Na oplátku mu požičali ľudské teplo a nerovnomerné odhodlanie. Dalo by sa povedať, že to bolo neprekonateľné, nezastaviteľné, kompetentné trio.

Kúsok po kúsku idú krok za krokom kroky šťastia. Napriek značnému úspechu zostávajú vo svojom hľadaní neúnavní. V pokračovaní trochu spomaľujú tempo chôdze, ale udržiavajú ho stabilné. Ako sa hovorí, pomaly ide ďaleko. Táto istota ich sprevádza po celý čas a vytvára duchovné spektrum pacientov, opatrnosť, toleranciu a prekonávanie. S týmito prvkami mali vieru, že prekonajú akúkoľvek nepriazeň osudu.

Ďalší bod, posvätný kameň, uzatvára tretinu kurzu. Je tu krátka prestávka a tešia sa z modlitby, ďakovania, premýšľania a plánovania ďalších krokov. V správnej miere sa snažili uspokojiť svoje nádeje, obavy, bolesť, mučenie a smútok. Za to, že majú vieru, ich srdcia napĺňa nezmazateľný pokoj.

S reštartom cesty, neistota, pochybnosti a sila neočakávaných návratov k činom. Hoci by ich to mohlo vystrašiť, niesli bezpečie bytia v Božej prítomnosti a malého výhonku vnútrozemia. Nič a nikto im nemohol ublížiť len preto, že by to Boh nedovolil. Túto ochranu si uvedomili v každom ťažkom okamihu života, keď ich iní jednoducho opustili. Boh je v skutočnosti naším jediným verným priateľom.

Ďalej sú v polovici cesty. Výstup zostáva vedený s väčším nasadením a naladením. Na rozdiel od toho, čo sa zvyčajne deje s bežnými horolezcami, rytmus pomáha motivácii, vôli a doručeniu. Hoci neboli športovci, bolo pozoruhodné ich výkonom, pretože boli zdraví a odhodlaní mladí.

Po absolvovaní troch štvrtín trasy sa očakávania dostanú na neznesiteľnú úroveň. Ako dlho by museli čakať? V tomto okamihu tlaku bolo najlepšie pokúsiť sa kontrolovať hybnosť zvedavosti. Všetka opatrnosť bola teraz kvôli pôsobeniu protichodných síl.

S trochou času konečne dokončia trasu. Slnko svieti jasnejšie, Božie svetlo ich osvetľuje a vychádzajúc z chodníka, strážca a jeho syn Renato. Všetko sa úplne znovuzrodený v srdci tých milých maličkých. Zaslúžili si tú milosť za to, že tak tvrdo pracovali. Ďalším krokom psychiky je vbehnúť do pevného objatia so svojimi dobrodincami. Jeho kolegovia ho nasledujú a robia päťnásobné objatie.

"Som rád, že ťa vidím, syn Boží! Už dlho som ťa nevidel! Môj materinský inštinkt ma varoval pred vaším prístupom, povedala dáma predkov.

"Som rád! Je to, akoby som si spomenul na svoje prvé dobrodružstvo. Bolo tam toľko emócií. Hora, výzvy, jaskyňa a cestovanie v čase poznačili môj príbeh. Návrat sem mi prináša dobré spomienky. Teraz so sebou beriem dvoch priateľských bojovníkov. Potrebovali toto stretnutie s posvätným.

"Ako sa voláte, dámy? Spýtal sa strážca hory.

"Volám sa Belinha a som audítor.

"Volám sa Amelinha a som učiteľka. Žijeme v Arcoverde.

"Vitajte, dámy. (Strážca hory.).

"Sme vďační! Povedali spolu obaja návštevníci so slzami stekajúcimi cez oči.

"Milujem aj nové priateľstvá. Byť opäť vedľa môjho pána

mi dáva zvláštne potešenie z tých, ktorí sú nevysloviteľní. Jediní ľudia, ktorí to vedia pochopiť, sme my dvaja. Nie je to správne, partner? (Renato).

"Nikdy sa nezmeníš, Renato! Vaše slová sú na nezaplatenie. Napriek všetkému môjmu šialenstvu bolo jeho nájdenie jednou z dobrých vecí môjho osudu.

Môj priateľ a môj brat odpovedali na psychiku bez výpočtu slov. Vyšli prirodzene pre skutočný pocit, ktorý ho živil.

"Sme korešpondovaní v rovnakej miere. Preto je náš príbeh úspešný, povedal mladý muž.

"Aké pekné byť v tomto príbehu. Netušila som, aká zvláštna je hora svojou trajektóriou, drahý spisovateľ, povedala Amelinha.

"Je naozaj obdivuhodný, sestra. Okrem toho sú vaši priatelia skutočne milí. Žijeme skutočnú fikciu a to je tá najúžasnejšia vec, aká existuje. (Belinha).

"Vážime si kompliment. Musíte však byť unavení z úsilia vynaloženého na lezenie. Čo tak ísť domov? Vždy máme čo ponúknuť. (Pani).

"Využili sme príležitosť, aby sme dohnali naše rozhovory. Renato mi veľmi chýba.

"Myslím si, že je to skvelé. Čo sa týka dám, čo poviete?

"Budem to milovať.(Belinha).

"Budeme!

"Tak poďme! Dokončil majstra.

Kvinteto začína chodiť v poradí danom touto fantastickou postavou. Okamžite studená rana cez unavené kostry triedy. Kto bola tá žena a aké právomoci mala? Napriek toľkým spoločným chvíľam zostalo tajomstvo zamknuté ako dvere k siedmim kľúčom. Nikdy by sa to nedozvedeli, pretože to bolo súčasťou horského tajomstva. Zároveň ich srdcia zostali v hmle. Boli vyčerpaní z darovania lásky a neprijatia, odpustenia a opätovného sklamania. Každopádne, buď si zvykli na realitu života, alebo budú veľa trpieť. Preto potrebovali nejakú radu.

Krok za krokom prekonajú prekážky. Okamžite počujú znepokojujúci výkrik. Jedným pohľadom ich šéf upokojí. To bol zmysel hierarchie, zatiaľ čo najsilnejší a najskúsenejší chránení, služobníci sa vracali s oddanosťou, uctievaním a priateľstvom. Bola to obojsmerná ulica.

Je smutné, že prechádzku zvládnu s veľkou a jemnosťou. Aký nápad prešiel Belinha hlavou? Boli uprostred kríka rozbití škaredými zvieratami, ktoré by im mohli ublížiť. Okrem toho mali na nohách tŕne a špicaté kamene. Keďže každá situácia má svoj uhol pohľadu, byť tam bola jediná šanca pochopiť seba a svoje túžby, niečo deficitné v živote návštevníkov. Čoskoro to stálo za dobrodružstvo.

Ďalej v polovici cesty sa zastavia. Neďaleko bol ovocný sad. Smerujú do neba. V narážke na biblický príbeh sa cítili úplne slobodní a integrovaní do prírody. Ako deti, hrajú sa na lezenie po stromoch, berú ovocie, zostupujú a jedia ho. Potom meditujú. Naučili sa hneď, ako sa život vytvorí okamihom. Či už sú smutné alebo šťastné, je dobré si ich užívať, kým sme nažive.

V nasledujúcom okamihu si dajú osviežujúci kúpeľ v pripojenom jazere. Táto skutočnosť vyvoláva dobré spomienky na kedysi, na najpozoruhodnejšie zážitky v ich živote. Aké pekné bolo byť dieťaťom! Aké ťažké bolo vyrastať a čeliť dospelému životu. Žite s klamstvom, lžou a falošnou morálkou ľudí.

Ďalej sa blížia k osudu. Dole vpravo na chodníku už vidíte jednoduchý lopatu. To bola svätyňa najkrajších, najzáhadnejších ľudí na hore. Boli úžasné, čo dokazuje, že hodnota človeka nie je v tom, čo má. Ušľachtilosť duše je v charaktere, v láske a poradenských postojoch. Hovorí sa teda: priateľ na námestí je lepší ako peniaze uložené v banke.

Pár krokov vpred sa zastavia pred vchodom do kabíny. Dostanú odpovede na vaše vnútorné otázky? Na túto a ďalšie otázky mohol odpovedať len čas . Dôležité na tom bolo, že tam boli pre všetko, čo príde a odíde.

Opatrovník, ktorý prevezme úlohu hostesky, otvorí dvere a umožní všetkým ostatným prístup do vnútra domu. Vstupujú do prázdnej kabínky a pozorujú všetko široko. Sú ohromení jemnosťou miesta reprezentovaného ornamentikou, predmetmi, nábytkom a klímou tajomstva. Rozporuplne tam bolo viac bohatstva a kultúrnej rozmanitosti ako v mnohých palácoch. Takže sa môžeme cítiť šťastní a úplní aj v skromnom prostredí.

Jeden po druhom sa usadíte na dostupných miestach, okrem toho, že Renato pôjde do kuchyne pripraviť obed. Počiatočná klíma plachosti je narušená.

"Chcel by som vás lepšie spoznať, dievčatá.

"Sme dve dievčatá z Arcoverde City. Sme šťastní profesionálne, ale porazení v láske. Odkedy ma zradil môj starý partner, som frustrovaný, priznala Belinha.

"Vtedy sme sa rozhodli vrátiť k mužom. Uzavreli sme dohodu, aby sme ich nalákali a použili ako predmet. Už nikdy nebudeme trpieť, povedala Amelinha.

"Podporujem ich všetky. Stretol som ich v dave a teraz sa naskytla ich príležitosť navštíviť tu. (Syn Boží)

"Zaujímavé. Je to prirodzená reakcia na utrpenie sklamaní. Nie je to však najlepší spôsob, ako postupovať. Posudzovanie celého druhu podľa postoja človeka je jasnou chybou. Každý má svoju individualitu. Táto vaša posvätná a nehanebná tvár môže vyvolať viac konfliktov a potešenia. Je len na vás, aby ste našli správny bod tohto príbehu. Čo môžem urobiť, je podporiť ako váš priateľ a stať sa doplnkom tohto príbehu analyzovaného posvätným duchom hory.

"Dovolím to. Chcem sa ocitnúť v tejto svätyni. (Amelinha).

"Akceptujem aj tvoje priateľstvo. Kto vedel, že budem vo fantastickej telenovele? Mýtus o jaskyni a hore sa zdá byť teraz taký . Môžem si niečo priať?(Belinha).

"Samozrejme, drahá.

"Horské entity môžu počuť žiadosti pokorných sníkov, ako sa to stalo mne. Majte vieru!(syn Boží).

"Som taký neveriaci. Ale ak to poviete, pokúsim sa. Žiadam úspešný záver pre nás všetkých. Nech sa každý z vás stane skutočnosťou v hlavných oblastiach života.

"Udeľujem to! Uprostred miestnosti zahrmí hlboký hlas.

Obe kurvy skočili na zem. Medzitým sa ostatní smiali a plakali nad reakciou oboch. Táto skutočnosť bola skôr osudovým činom. Aké prekvapenie. Nikto nemohol predvídať, čo sa deje na vrchole hory. Keďže slávny Indián zomrel na mieste činu, pocit reality nechal priestor pre nadprirodzené, tajomné a nezvyčajné.

"Čo do pekla bol ten hrom? Zatiaľ sa trasiem, priznala Amelinha.

"Počul som, čo ten hlas povedal. Potvrdila moje želanie. Snívam? Spýtal sa Belinha.

"Zázraky sa dejú! Časom budete presne vedieť, čo to znamená povedať, povedal majster.

"Verím v horu a vy v ňu musíte veriť tiež. Vďaka jej zázraku tu zostávam presvedčený a bezpečný o svojich rozhodnutiach. Ak raz zlyháme, môžeme začať odznova. Vždy existuje nádej pre tých, ktorí sú naživo - ubezpečený šaman psychiky, ktorý ukazuje signál na streche.

"Svetlo. Čo to znamená? (Belinha).

"Je to také krásne a jasné. (Amelinha).

"Je to svetlo nášho večného priateľstva. Hoci fyzicky zmizne, zostane neporušená v našich srdciach. (Opatrovník

"Všetci sme ľahkí, aj keď vo významných ohľadoch. Naším osudom je šťastie. (Psychika).

Tu prichádza Renato a predkladá návrh.

"Je čas, aby sme išli von a našli si priateľov. Nastal čas na zábavu.

"Teším sa na to. (Belinha)

"Na čo čakáme? Je čas. (VÝKRIKY)

Kvarteto chodí do lesa. Tempo krokov je rýchle, čo odhaľuje vnútornú úzkosť postáv. Vidiecke prostredie Mimoso prispelo k predstaveniu prírody. Akým výzvam by ste čelili? Boli by divoké zvieratá nebezpečné? Horské mýty mohli kedykoľvek zaútočiť, čo bolo dosť nebezpečné. Ale odvaha bola vlastnosť, ktorú tam niesli všetci. Nič nezastaví ich šťastie.

Nastal čas. V tíme aktív bol černoch Renato a blonďavý človek. V pasívnom tíme boli Divine, Belinha a Amelinha. Po vytvorení tímu začína zábava medzi sivou zelenou farbou z vidieckych lesov.

Čierny chlapík zoznamka s Divine. Renato zoznamka s Amelinha a blonďavý muž s Belinha. Skupinový sex začína výmenou energie medzi šiestimi. Všetky boli pre všetkých pre jedného. Smäd po sexe a potešení bol spoločný pre všetkých. Pri zmene polohy každý z nich zažíva jedinečné pocity. Skúšajú análny sex, vaginálny sex, orálny sex, skupinový sex medzi inými sexuálnymi modalitami. To dokazuje, že láska nie je hriech. Je to obchod so základnou energiou pre ľudskú evolúciu. Bez viny si rýchlo vymenia partnera, ktorý poskytuje viacnásobné orgazmy. Je to zmes extázy, ktorá zahŕňa skupinu. Trávia hodiny sexom, kým nie sú unavení.

Po dokončení všetkého sa vrátia na svoje pôvodné pozície. Na hore bolo stále čo objavovať.

Pondelok ráno krajší ako kedykoľvek predtým. Skoro ráno majú naši priatelia potešenie cítiť teplo slnka a vánok putujúci v ich tvárach. Tieto kontrasty spôsobili vo fyzickom aspekte toho istého dobrý pocit slobody, spokojnosti, uspokojenia a radosti. Boli pripravení čeliť novému dňu.

Na druhú myšlienku sústreďujú svoje sily kulminujúce na ich zdvíhanie. Ďalším krokom je ísť do apartmánov a urobiť to s extrémnou tuláctvom, akoby boli zo štátu Bahia. Samozrejme, aby sme neublížili našim drahým susedom. Krajina všetkých svätých je veľkolepé miesto plné kultúry , histórie a sekulárnych tradícií. Nech žije Bahia!

V kúpeľni sa vyzliekajú zo zvláštneho pocitu, že nie sú sami. Kto kedy počul o legende o blond kúpeľni? Po maratóne hororových filmov bolo normálne dostať sa s tým do problémov. V nasledujúcom okamihu kývnu hlavou a snažia sa byť tichšie. Zrazu každému z nich napadne jeho politická trajektória, jeho občianska stránka, jeho profesionálna, náboženská stránka a jeho sexuálny aspekt. Majú dobrý pocit z toho, že sú to nedokonalé zariadenia. Boli si istí, že vlastnosti a chyby pridali k ich osobnosti.

Zamknú sa v kúpeľni. Otvorením sprchy nechali horúcu vodu pretekať spotenými telami v dôsledku tepla predchádzajúcej noci. Kvapalina slúži ako katalyzátor absorbujúci všetky smutné veci. To je presne to, čo teraz potrebovali: zabudnúť na bolesť, traumu, sklamania, nepokoj pri hľadaní nových očakávaní. Rozhodujúci bol v ňom aktuálny rok. Fantastický obrat v každom aspekte života.

Proces čistenia sa začína použitím stierača tela, mydla, šampióna za vodou. V súčasnosti cítia jedno z najlepších potešení, ktoré ich núti pamätať si prechod na útes a dobrodružstvá na pláži. Intuitívne ich divoký duch žiada viac dobrodružstiev v tom, čo zostanú, aby analyzovali čo najskôr. Situácia, ktorú prispelo voľno, sa uskutočnilo v práci oboch ako cena za oddanosť verejnej službe.

Asi 20 minút odložili trochu bokom svoje ciele, aby prežili reflexný okamih vo svojej intimite. Na konci tejto aktivity vyjdú z toalety, utierajú mokré telo uterákom, nosia čisté oblečenie a obuv, nosia švajčiarsky parfum, dovážaný make-up z Nemecka so skutočne peknými slnečnými okuliarmi a diadémami. Úplne pripravení sa presunú k poháru s kabelkami na páse a pozdravia sa šťastní zo stretnutia vďaka dobrému Pánovi.

V spolupráci pripravujú raňajky so závisťou, kuracím

mäsom, zeleninou, ovocím, kávovou smotanou a sušienkami. V rovnakých častiach je jedlo rozdelené. Striedajú chvíle ticha s krátkymi výmenami slov, pretože boli zdvorilí. Hotové raňajky, nezostáva žiadny únik, ako zamýšľali.

"Čo navrhuješ, Belinha? Nudím sa!

"Mám šikovný nápad. Pamätáte si toho chlapíka, ktorého sme našli v dave?

"Pamätám si. Bol spisovateľom a volal sa Božský.

"Mám jeho telefónne číslo. Čo tak sa nám ozvať? Chcel by som vedieť, kde žije.

"Ja tiež. Skvelý nápad. Urob to. Rád by som.

"V poriadku!

Belinha otvorila kabelku, vzala telefón a začala vytáčať. O chvíľu niekto odpovie na riadok a konverzácia začne.

"Dobrý deň.

"Ahoj, Božský, ako sa máš?

"V poriadku, Belinha. Ako to ide?

"Darí sa nám. Pozrite, je táto pozvánka stále zapnutá? Ja a moja sestra by sme dnes večer chceli mať špeciálnu šou.

"Samozrejme, že áno. Nebudete ľutovať. Tu máme píly, bohatú prírodu, čerstvý vzduch mimo skvelej spoločnosti. Aj dnes som k dispozícii.

"Aké úžasné! Potom nás počkajte pri vchode do dediny. Za najviac 30 minút sme tam.

"V poriadku! Takže dovtedy!

"Uvidíme sa neskôr!

Hovor sa ukončí. S úškrnom sa Belinha vracia, aby komunikovala so svojou sestrou.

"Povedal áno. Pôjdeme?

ZVRÁTENÉ SESTRY

"No tak! Na čo čakáme?

Obaja prechádzajú od pohára k východu z domu a zatvárajú za sebou dvere kľúčom. Potom choďte do garáže. Pilotujú oficiálne rodinné auto, nechávajú svoje problémy za sebou a čakajú na nové prekvapenia a emócie na najdôležitejšej pôde sveta. Cez mesto, so zapnutým hlasným zvukom, si nechali svoju malú nádej pre seba. V tej chvíli to stálo za všetko, až kým som nepomyslel na šancu byť navždy šťastný.

S krátkym časom sa vydajú na pravú stranu diaľnice BR 232. Začnite teda kurz k úspechu a šťastiu. Pri miernej rýchlosti si môžu vychutnať horskú krajinu na brehu trate. Hoci to bolo známe prostredie, každá pasáž tam bola viac ako novinka. Bolo to znovuobjavené ja.

Prechádza miestami, farmami, dedinami, modrými oblakmi, popolom a ružami, suchým vzduchom a horúcou teplotou. V naprogramovanom čase prichádzajú k najviac bukolickému vchodu do vchodu do vnútra štátu Pernambuco. Mimoso plukovníkov, psychika, Nepoškvrneného počatia a ľudí s vysokou intelektuálnou kapacitou.

Keď ste sa zastavili pri vchode do štvrte, očakávali ste svojho drahého priateľa s rovnakým úsmevom ako vždy. Dobré znamenie pre tých, ktorí hľadali dobrodružstvo. Vystúpte z auta, choďte sa stretnúť s ušľachtilým kolegom, ktorý ich prijíma s objatím, ktoré sa stáva trojnásobným. Zdá sa, že tento okamih sa nekončí. Už sa opakujú, začínajú meniť prvé dojmy.

"Ako sa máš, Božský? (Belinha)

"No, a čo ty? (Psychika)

"Skvelé! (Belinha)

"Lepšie ako kedykoľvek predtým "(Amelinha)

"Mám skvelý nápad, čo keby sme vyšli na horu Ororubá? Presne tam pred ôsmimi rokmi sa začala moja trajektória v literatúre.

"Aká krása! Bude to česť! (Amelinha)
"Aj pre mňa! Milujem prírodu! (Belinha)
"Tak poďme teraz! (Aldivan)

Tajomný priateľ dvoch sestier sa podpísal, že ho bude nasledovať, a postupoval ulicami centra mesta. Dole vpravo, vstup na súkromné miesto a chôdza asi sto metrov ich umiestni na dno píly. Rýchlo sa zastavia na odpočinok a hydratáciu. Aké to bolo vyliezť na horu po všetkých týchto dobrodružstvách? Bol to pocit pokoja, zbierania, pochybností a váhania. Bolo to, akoby to bolo prvýkrát so všetkými výzvami, ktoré zdanil osud. Zrazu priatelia čelia veľkému spisovateľovi s úsmevom.

"Ako sa to všetko začalo? Čo to pre vás znamená?(Belinha)
"V roku 2009 sa môj život točil v monotónnosti. To, čo ma držalo pri živote, bola vôľa externé to, čo som cítil vo svete. Vtedy som počul o tejto hore a silách jej nádhernej jaskyne. Žiadne východisko, rozhodol som sa využiť šancu v mene svojho sna. Zbalil som si tašku, vyliezol na horu, vykonal tri výzvy, ktoré som dostal do jaskyne zúfalstva, najsmrteľnejšej a najnebezpečnejšej jaskyne na svete. Vo vnútri som prekonal veľké výzvy tým, že som sa nakoniec dostal do rokovacej sály. V tom okamihu extázy sa stal zázrak, stal som sa psychikou, vše vedúcou bytosťou prostredníctvom jeho vízií. Zatiaľ bolo ďalších dvadsať dobrodružstiev a nemám v úmysle skončiť tak skoro. S pomocou čitateľov postupne dostávam svoj cieľ dobyť svet.(Boží syn)

"Vzrušujúce! Som vaším fanúšikom. (Amelinha)

" Viem, ako sa musíte cítiť pri opätovnom vykonávaní tejto úlohy. (Belinha)

"Veľmi dobre! Cítim zmes dobrých vecí vrátane úspechu, viery, pazúra a optimizmu. To mi dodáva dobrú energiu. (Psychika)

"Dobre! Čo nám poradíte? (Belinha)

"Sústreďme sa. Ste pripravení zistiť to lepšie pre seba?(kapitán)

"Áno! Súhlasili s oboma.

"Tak ma nasleduj!

Trojica obnovila podnikanie. Slnko hreje, vietor fúka trochu silnejšie, vtáky odlietajú a spievajú, zdá sa, že kamene a tŕne sa pohybujú, zem sa trasie a horské hlasy začínajú pôsobiť. Toto je prostredie, ktoré sa prezentuje pri stúpaní píly.

S množstvom skúseností muž v jaskyni neustále pomáha ženám. Takto konal a vložil do nich praktické cnosti, ktoré sú dôležité ako solidarita a spolupráca. Na oplátku mu požičali ľudské teplo a nenahraditeľnú oddanosť. Dalo by sa povedať, že to bolo neprekonateľné, nezastaviteľné, kompetentné trio.

Kúsok po kúsku idú krok za krokom kroky šťastia. S odhodlaním a vytrvalosťou predbiehajú vyššie strom, dokončia štvrtinu cesty. Napriek značnému úspechu zostávajú vo svojom hľadaní neúnavní. Boli preto, lebo gratulujem.

V pokračovaní trochu spomaľte tempo chôdze, ale udržujte ho stabilné. Ako sa hovorí, pomaly ide ďaleko. Táto istota ich sprevádza po celý čas a vytvára duchovné spektrum trpezlivosti, opatrnosti, tolerancie a prekonávania. S týmito prvkami mali vieru, že prekonajú akúkoľvek nepriazeň osudu.

Ďalším bodom je posvätný kameň, ktorý uzatvára tretinu

kurzu. Je tu krátka prestávka a tešia sa z modlitby, ďakovania, premýšľania a plánovania ďalších krokov. V správnej miere sa snažili uspokojiť svoje nádeje, obavy, bolesť, mučenie a smútok. Za to, že majú vieru, ich srdcia napĺňa nezmazateľný pokoj.

S reštartom cesty, neistota, pochybnosti a sila neočakávaných návratov k činom. Aj keď by ich to mohlo vystrašiť, niesli bezpečie bytia v prítomnosti božského výhonku interiéru. Nič a nikto im nemohol ublížiť len preto, že by to Boh nedovolil. Túto ochranu si uvedomili v každom ťažkom okamihu života, keď ich iní jednoducho opustili. Boh je v skutočnosti naším jediným pravým a verným priateľom.

Ďalej sú v polovici cesty. Výstup zostáva vedený s väčším nasadením a naladením. Na rozdiel od toho, čo sa zvyčajne deje s bežnými horolezcami, rytmus pomáha motivácii, vôli a doručeniu. Hoci neboli športovci, bol to pozoruhodný ich výkon, pretože boli zdraví a odhodlaní mladí.

Od tretieho štvrťroka sa očakávania dostávajú na neznesiteľné úrovne. Ako dlho by museli čakať? V tomto okamihu tlaku bolo najlepšie pokúsiť sa kontrolovať hybnosť zvedavosti. Všetka opatrnosť bola teraz kvôli pôsobeniu protichodných síl.

S trochou viac času konečne dokončia kurz. Slnko svieti jasnejšie, Božie svetlo ich osvetľuje a vychádzajúc z chodníka, strážca a jeho syn Renato. Všetko sa úplne znovuzrodený v srdci tých milých maličkých. Túto milosť si zaslúžili zákonom o plodinách a rastlinách. Ďalším krokom psychiky je vbehnúť do pevného objatia so svojimi dobrodincami. Jeho kolegovia ho nasledujú a robia päťnásobné objatie.

"Som rád, že ťa vidím, syn Boží! Dlho nevidí! Môj materinský inštinkt ma varoval pred tvojím prístupom, dáma predkov.

Som rád! Je to, akoby som si spomenul na svoje prvé dobrodružstvo. Bolo tam toľko emócií. Hora, výzvy, jaskyňa a cestovanie v čase poznačili môj príbeh. Návrat sem mi prináša dobré spomienky. Teraz so sebou beriem dvoch priateľských bojovníkov. Potrebovali toto stretnutie s posvätným.

"Ako sa voláte, dámy?(Držiteľ)

"Volám sa Belinha a som audítor.

"Volám sa Amelinha a som učiteľka. Žijeme v Arcoverde.

"Vitajte, dámy. (Držiteľ)

"Sme vďační! Povedali obaja návštevníci so slzami v očiach.

"Milujem aj nové priateľstvá. Byť opäť vedľa môjho pána mi dáva zvláštne potešenie z tých, ktorí sú nevysloviteľní. Iba ľudia, ktorí to vedia pochopiť, sme my dvaja. Nie je to správne, partner? (Renato)

"Nikdy sa nezmeníš, Renato! Vaše slová sú na nezaplatenie. Napriek všetkému môjmu šialenstvu bolo jeho nájdenie jednou z dobrých vecí môjho osudu. Môj priateľ a môj brat. (Psychika).

Vyšli prirodzene pre skutočný pocit, ktorý ho živil.

"Sme vyrovnaní v rovnakej miere. Preto je náš príbeh úspešný," povedal mladý muž.

"Je dobré byť súčasťou tohto príbehu. Ani som nevedel, aká zvláštna je hora vo svojej trajektórii, drahý spisovateľ," povedal Amelinha.

"Je naozaj obdivuhodný, sestra. Okrem toho sú vaši priatelia veľmi priateľskí. Žijeme skutočnú fikciu a to je tá najúžasnejšia vec, ktorá existuje. (Belinha)

"Ďakujeme za kompliment. Napriek tomu musia byť unavení z úsilia vynaloženého pri lezení. Čo tak ísť domov? Vždy máme čo ponúknuť. (Vážená pani)

"Využili sme príležitosť, aby sme dohnali rozhovory. Veľmi mi chýbaš," priznal sa Renato.

"To je so mnou v poriadku. Je to skvelé, čo sa týka dám, čo mi hovoria?

"Budem to milovať!" Belinha tvrdila.

"Áno, poďme," súhlasila Amelinha.

"Tak poďme!" Uzavrel majster.

Kvinteto začína chodiť v poradí, ktoré dáva táto fantastická postava. Práve teraz zima fúka cez unavené kostry triedy. Kto bola tá žena, kto to bola, kto mal moc? Napriek toľkým spoločným chvíľam zostalo tajomstvo zamknuté ako dvere k siedmim kľúčom. Nikdy by sa to nedozvedeli, pretože to bolo súčasťou horského tajomstva. Zároveň ich srdcia zostali v hmle. Boli vyčerpaní z darovania lásky a neprijatia, odpustenia a opätovného sklamania. Každopádne, buď si zvykli na realitu života, alebo budú veľa trpieť. Preto potrebovali nejakú radu.

Krok za krokom prekonáte prekážky. V okamihu počujú znepokojujúci výkrik. Jedným pohľadom ich šéf upokojí. To bol zmysel hierarchie, zatiaľ čo tí najsilnejší a skúsenejší chránení, služobníci sa vracali s oddanosťou, uctievaním a priateľstvom. Bola to obojsmerná ulica.

Je smutné, že prechádzku zvládnu s veľkou a jemnosťou. Aká bola myšlienka, ktorá prebehla Belinha hlavou? Boli uprostred kríka rozbití škaredými zvieratami, ktoré by im mohli ublížiť. Okrem toho mali na nohách tŕne a špicaté kamene. Keďže každá situácia má svoj uhol pohľadu, byť tam bola jediná šanca, že ste mohli pochopiť seba a svoje túžby, niečo deficit v živote návštevníkov. Čoskoro to stálo za dobrodružstvo.

Ďalej v polovici cesty sa zastavia. Neďaleko bol ovocný sad. Smerujú do neba. V narážke na biblický príbeh sa cítili komplementárne slobodní a integrovaní do prírody. Ako deti, hrajú sa na lezenie po stromoch, berú ovocie, zostupujú a jedia ho. Potom meditujú. Naučili sa hneď, ako sa život vytvorí okamihom. Či už sú smutné alebo šťastné, je dobré si ich užívať, kým sme nažive.

V nasledujúcom okamihu si dajú osviežujúci kúpeľ v pripojenom jazere. Táto skutočnosť vyvoláva dobré spomienky na kedysi, na najpozoruhodnejšie zážitky v ich živote. Aké pekné bolo byť dieťaťom! Aké ťažké bolo vyrastať a čeliť dospelému životu. Žite s klamstvom, lžou a falošnou morálkou ľudí.

Ďalej sa blížia k osudu. Dole vpravo na chodníku už vidíte jednoduchý lopatu. To bola svätyňa najkrajších, najzáhadnejších ľudí na hore. Boli úžasné, čo dokazuje, že hodnota človeka nie je v tom, čo má. Ušľachtilosť duše má charakter, postoje charity a poradenstva. Preto hovoria nasledujúce príslovie, lepšie priateľ na námestí stojí za to ako peniaze uložené v banke.

Pár krokov vpred sa zastavia pred vchodom do kabíny. Dostali odpovede na svoje vnútorné otázky? Na túto a ďalšie otázky mohol odpovedať len čas. Dôležité na tom bolo, že tam boli pre všetko, čo príde a odíde.

Opatrovník, ktorý prevezme úlohu hostesky, otvorí dvere a umožní všetkým ostatným prístup do vnútra domu. Vstupujú do jedinečnej márnej kóje sledovaním všetkého vo veľkom zariadení. Sú ohromení jemnosťou miesta reprezentovaného ornamentikou, predmetmi , nábytkom a klímou tajomstva. Na toto mieste bolo viac bohatstva a kultúrnej rozmanitosti ako v mnohých palácoch. Takže sa môžeme cítiť šťastní a úplní aj v skromnom prostredí.

Jeden po druhom sa usadíte na dostupných miestach, okrem Renato kuchyne, pripravíte obed. Počiatočná klíma plachosti je narušená.

"Rád by som vás lepšie spoznal, dievčatá. (Strážca)

"Sme dve dievčatá z Arcoverde City. Obaja sa usadili v profesii, ale porazili v láske. Odkedy ma zradil môj starý partner, som frustrovaný, priznala Belinha.

"Vtedy sme sa rozhodli vrátiť k mužom. Uzavreli sme dohodu, aby sme ich nalákali a použili ako predmet. Už nikdy nebudeme trpieť. (Amelinha)

"Podporím ich všetkých. Stretol som ich v dave a teraz nás sem prišli navštíviť, a to si vynútilo výhonok interiéru.

"Zaujímavé. Je to prirodzená reakcia na utrpenie sklamaní. Nie je to však najlepší spôsob, ako postupovať. Posudzovanie celého druhu podľa postoja človeka je jasnou chybou. Každý má svoju vlastnú individualitu. Táto vaša posvätná a nehanebná tvár môže vyvolať viac konfliktov a potešenia. Je len na vás, aby ste našli správny bod tohto príbehu. Čo môžem urobiť, je podporiť ako váš priateľ a stať sa doplnkom tohto príbehu analyzovaného posvätným duchom hory.

"Dovolím to. Chcem sa ocitnúť v tejto svätyni. (Amelinha)

"Prijmime aj tvoje priateľstvo. Kto vedel, že budem vo

fantastickej telenovele? Mýtus o jaskyni a hore sa zdá byť teraz taký . Môžem si niečo priať?(Belinha)

"Samozrejme, drahá.

"Horské entity môžu počuť žiadosti pokorných sníkov, ako sa to stalo mne. Majte vieru! Motivoval Božieho syna.

"Som taký neveriaci. Ale ak to poviete, pokúsim sa. Žiadam úspešný záver pre nás všetkých. Nech sa každý z vás stane skutočnosťou v hlavných oblastiach života. (Belinha)

"Udeľujem to!" Hrmí hlboký hlas uprostred miestnosti".

Obe kurvy skočili na zem. Medzitým sa ostatní smiali a plakali nad reakciou oboch. Táto skutočnosť bola skôr osudovým činom. Aké prekvapenie! Nikto nemohol predvídať, čo sa deje na vrchole hory. Keďže slávny Indián zomrel na mieste činu, pocit reality nechal priestor pre nadprirodzené, tajomné a nezvyčajné.

"Čo do pekla bol ten hrom? Zatiaľ sa trasiem. (Amelinha)

"Počul som, čo ten hlas povedal. Potvrdila moje želanie. Snívam? (Belinha)

"Zázraky sa dejú! Časom budete presne vedieť, čo to znamená povedať . "Vyzvedal sa majster".

"Verím v horu a vy musíte veriť tiež. Vďaka jej zázraku tu zostávam presvedčený a bezpečný o svojich rozhodnutiach. Ak raz zlyháme, môžeme začať odznova. Pre tých, ktorí sú nažive, je vždy nádej. "Ubezpečil šamana o psychike, ktorý ukázal signál na streche".

"Svetlo. Čo to znamená? v slzách, Belinha.

"Je taká krásna, jasná a hovorená. (Amelinha)

"Je to svetlo nášho večného priateľstva. Hoci fyzicky zmizne, zostane neporušená v našich srdciach. (Strážca)

"Všetci sme ľahkí, aj keď v znamenitých ohľadoch. Naším osudom je šťastie - potvrdzuje psychika.

Tu prichádza Renato a predkladá návrh.

"Je čas, aby sme išli von a našli si priateľov. Nastal čas na zábavu.

"Teším sa na to. (Belinha)

"Na čo čakáme? Je čas. (Amelinha)

Kvarteto chodí do lesa. Tempo krokov je rýchle, čo odhaľuje vnútornú úzkosť postáv. Vidiecke prostredie Mimoso prispelo k predstaveniu prírody. Akým výzvam by ste čelili? Boli by divoké zvieratá nebezpečné? Horské mýty mohli kedykoľvek zaútočiť, čo bolo dosť nebezpečné. Ale odvaha bola vlastnosť, ktorú tam niesli všetci. Nič by nezastavilo ich šťastie.

Nastal čas. V tíme aktív bol černoch Renato a blonďavý človek. V pasívnom tíme boli Divine, Belinha a Amelinha. Tím sa vytvoril; Zábava začína medzi sivou zelenou farbou z vidieckych lesov.

Čierny chlapík zoznamka s Božským. Renato zoznamka s Amelinha a blondínka s Belinha. Skupinový sex začína výmenou energie medzi šiestimi. Všetky boli pre všetkých pre jedného. Smäd po sexe a potešení bol spoločný pre všetkých. Rôzne polohy, každý z nich zažíva jedinečné pocity. Skúšajú análny sex, vaginálny sex, orálny sex, skupinový sex medzi inými sexuálnymi modalitami. To dokazuje, že láska nie je hriech. Je to obchod so základnou energiou pre ľudskú evolúciu. Bez pocitov viny si rýchlo vymenia partnera, ktorý im poskytne viacnásobné orgazmy. Je to zmes extázy, ktorá zahŕňa skupinu. Trávia hodiny sexom, kým nie sú unavení.

Po dokončení všetkého sa vrátia na svoje pôvodné pozície. Na hore bolo stále čo objavovať.

Koniec

www.ingramcontent.com/pod-product-compliance
Lightning Source LLC
LaVergne TN
LVHW020437080526
838202LV00055B/5225